KB212928

나를 찾는 소리

나를 찾는 소리

청 화 시집

불교문예

항상 정신 차리고 산다고 해도 지난날을 뒤돌아보면 부끄럽고 미숙한 행동들이 있다.

인격 자체가 불완전체이기 때문일 것이다.

詩 역시도 마찬가지다. 한 편 한 편 쓸 때에는 완벽을 기한다고 했지만 시집으로 내놓은 다음에 보면 아쉬운 부분들이 있었다.

물론 원숙의 단계에 이르지 못한 것이 원인일 것이다. 그럼에도 시를 더욱 쓰고 싶은 것은 바로 그 아쉬운 부분을 보완하고 싶은 심리가 작용하기 때문이 아닌가 생각된다. 그런 점에서 이번 시집도 다음 시집의 시를 쓰기 위한 습작으로 여기고 싶다.

어차피 어느 끝에 이르기 전까지는 모든 노력이 다 하나의 과정이니까 말이다.

|차례|

■ 序言

제1부

제4부

제1부

매화나무

눈이 녹는 산
얼음 밑 물소리 하염없는 날에
내 이 뭣고? 이 뭣고? 할 때마다
창밖의 늙은 매화나무
뾰죽뾰죽 잎이 돋더니,
잎이 돋아 점점 우거진 가지
휘어지고 부러지기도 하더니,
가지를 흔드는 가을바람에
나보다도 먼저
한 소식을 했나 보다
내 이 뭣고? 이 뭣고? 해도
이제는 그 우거진 잎들 다 떨구고
한 잎도 없는 매화나무가 되었으니

침묵을 읽는 입

말은

무엇이 여물어

떨어지는 열매인가

강사의 말에는

반딧불들이 반짝거리고

선사의 말에는

번갯불이 번쩍거린다

하늘의 달 하나

함께 볼지라도

經을 읽는 입에서는

반딧불이 나오고

침묵을 읽는 입에서는

번갯불이 나오는 것인가

산새

산다는 것은
가시를 삼키는 일이라고

이 산 저 산을 날아다니며
산새는 운다

어느 산 종소리일까
어느 산 늙은 소나무

솔방울 떨어지는 소리일까
그물이 많은 이 세상

새매가 많은 이 세상
번쩍 꿈 깨게 할 그 소리!

오직 그 소리 하나 찾아
산에서 산으로 날아다니며

산새는 운다

산새는 운다

가을 산 1

누구에겐지
오래 닫힌 문
활짝 열고 싶도록
하늘이 좋아
하늘이 좋아
산에서는 지금
만국회의를 하나 보다
저 울긋불긋한
만국기를 달아 놓고

西來意

누가 알리오

가을바람 한 자락에

붉은 잎 다 떨어진 날

산을 넘어온 기러기 소리에

바위 옆 푸른 황국

꽃이 핀 이 소식을

산길

산에는
산길이 있다
집을 버리고
나이만큼 짊어진 짐도 버리고
깃털 같은 몸으로 혼자 가는 길

독하게 혼자 가서
호젓이 정신을 깨우는
산의 맑음, 산의 고요에
그래! 그래! 이것이다, 하고
다시 태어나는 길

맷돌을 돌려라
가을의 짧은 해를 보며
붉은 피가 흰 피가 되게
득드글 득드글 맷돌을 돌려라

그러면 마침내

어떤 밧줄에도 묶이지 않고

어떤 물에도 젖지 않는

바람이 되어 태어나는 길

산에는 산에는

그런 산길이 있다

삶

죽음이 있기에

삶은 짧다

밭만 갈다가

콩 하나 심지 못하고 죽으면

삶은 더욱 짧다

분수

한곳에 오래 머물러 살려면
분수 하나쯤은 있어야지

무엇을 해도 멈추지 않는 분수
무엇이나 좋다고 솟구치는 분수

그런 분수 하나 갖고 있다면
왜 날마다 먹는 밥에서

벌레 우는 소리를 듣겠는가
벌레 우는 소리를 듣겠는가

바다였으면

바다였으면,
한 마리 미꾸라지에도
금방 흐려지는
작은 웅덩이는 괴로우니

괜찮다고 괜찮다고,
어떤 물이나 다 받아 주는
그 넓이와 깊이가 있는
내 마음 바다였으면

언제나 언제나
맑은 물 탁한 물을 가리지 않는 바다
세상의 온갖 썩은 물도
괜찮다고, 괜찮다고 끌어안은 바다

그리하여 念佛하듯 웅얼거리어
한 물빛 한 물맛이 되게 하는

그 크고 가없는 가슴을 가진

아 내 마음 바다였으면, 바다였으면

가을 산 2

가을 산에 와서 보니
나도 한 그루 나무

반짝이던 그 푸른 잎들
단풍이 들어 떨어지고

어느새 이렇게 되었나
빈 가지가 많은 나무

저무는 것에는

저무는 것에는

노을이 있다

영원한 것은 없다고

서산에 저무는 해

해 같이 저무는 것에는

귀뚜라미 우는

노을이 있다

나를 찾는 소리

무거운 한 짐 보따리
나를 부려 풀어 놓고
그를 뒤져 부스럭 부스럭하며
나는 산에서 산다오

눈이 있어도 캄캄한 장님
내가 나를 모르는데
어찌 부스럭 부스럭하지 않겠오

그러나 그대는 모를 것이오
내가 산에서
혼자 부스럭 부스럭하는 이 소리는
나를 찾는 소리라는 것을

연기

내 것이라고
손을 뻗어 움켜쥐었던 그것들이
한낱 연기였드란 말이냐
아무리 꼭 쥐어도
끝내는 사라지는 연기
그러니 빈 손바닥 보고
허 허 웃을 수밖에

텅 빈 마음

텅 빈 마음은
가시에 찔리지 않는다

돌을 맞아도
깨지는 것이 없다

그러므로 항상 편안하다
텅 빈 마음

행복

손에 무슨 그릇을 들고

찾는 마음만 내려놓으면

굳이 무엇을 더 보태랴

눈 뜨고 숨 쉬는 그대로가

매일 매일이 행복한 날

一念

無字 한 짐 짊어지고 나니
미친개가 쫓아 온다

뛰어라
無字가 흔들리지 않게

無字가 흔들리면
미친개에게 물린다

古寺의 흰 달빛에
꽃이 핀 모과나무

모과가 익을 때까지
오로지 뛰어라

빈 산

이 산에도
저 산에도
옛 소나무의
솔방울이 다 떨어진 지금
없구나
없구나
오늘이 며칠이냐고 묻는
나에게
차나 한잔 마시라는
그 사람은

단풍잎

단풍잎
단풍잎
가을 나무의 단풍잎

그를 바라보는
나도 단풍잎

이제는 늙어
떨어질 일만 남은
가을 단풍잎

한 생각만 돌리면

물이 흐르고
꽃이 피는 산은 그 어디?

보따리 싸 들고 찾아가야 할
구름 밖 먼 곳이냐

아서라 아서라
무어라 굳이 먼 곳에서 찾으랴

한 생각만 돌리면
지금 서 있는 이 자리가 바로

물이 흐르고
꽃이 피는 산인 걸

一大事

몇 마디의 말에
神의 종이 된 사람들을 구제키 위해
철학자 니체는 망치를 들고
神을 죽였고

부처와 조사라는 이름에
몸이 묶인 이들의 자유를 위해
선사 임제는 할과 방망이로
부처와 조사의 이름을 찢고

그 후로 만세! 만세!
두 손을 번쩍 뽑아 들고
스스로 主人이 되어
걸릴 것 없는 자유인이 되어
만세를 부르는 사람들

그를 다 알고 있는

나의 一大事는 무엇인가
그것은 니체의 망치와
임제의 할과 방망이로
나를 완전히 죽이는 일

죽음의 입

죽음의 입은
너무 크다

사람의 일생을
한 번에 삼켜버리므로

그 입이 남긴 허공 또한
너무 넓다

사람의 눈물이
한 번에 다 지울 수 없으므로

준다 누구에게나
포장도 하지 않고

허공을 주고 울음을 준다
죽음의 입

蓮根이여, 蓮根이여
—10 27 법난을 상기하며

아무도 부르지 않았거늘
무어라 검은 안경을 끼고 와서
온 세상을 거칠게 움켜쥐고
흰빛나게 빨아야 한다고
그 숨 막히는 호루라기를 불었던가
기이 무슨 맘 먹고
방망이질하여 빨래를 하려거든
오래 때쩔은 옷들이나 빨 일이지
사람들은 왜? 사람들은 왜?⋯⋯

그래, 검은 안경을 끼고 보면
蓮밭도 한낱 걸레로 보이던가
푸른 연잎들 마구 꺾어
붉은 연꽃들 마구 꺾어
그 모진 방망이질을 하다니!
그것도 미꾸라지 촐랑대는 웅덩이들⋯⋯
잡초 우거진 습지들 다 두고

하필이면 달빛 은은한 蓮밭에 와서 −

그랬으니 어찌 어김이 있으랴
끝내 겨울은 오고 말았다
방망이질의 그 끝의 계절,
不義는, 不義는 이런 거라고
法은 얼음덩이를 던지고,
사람들은 돌을 던지고,
그리하여 성한 데 없는 몸으로
한 時代가 저무는 山을
그는 절뚝거리며 넘어가지 않았던가

그렇거늘 蓮根이녀,
끌어안지 못할 것이 없는
넓은 가슴을 가진 蓮根이여,
분노도 원망도 한때의 불
이제는 그가 남긴 탁한 물에도

그때의 흉터를 지운 뿌리를 내리고
새 연잎 새 연꽃을 피울진저
또 하나 연밭을 만들진저

* 10 27 법난 추념, 문예공모전 대상수상작

샘

—이은송 선생에게

학생들을 가르치는
선생님이 되려고 하지 말고
그냥 샘이 되었으면 한다
맑은 물이 퐁 퐁 퐁 솟아나는
그런 샘 말이다

바닥이 보이지 않도록
물이 깊고 넉넉한 샘
누구나 한 잔 마시면
몸이 살아나고 정신이 깨어나
높은 탑을 바라보게 하는 샘

그리하여 목이 마른 학생마다
부르지 않아도 스스로 찾아와
마음껏 마시게 하고
자신의 얼굴을 비춰주는
거울도 되어주는 샘

그런 샘이 된다면

아이들이 쉰 풀잎 같은 요즘

선생과 학생 사이에

그 부풀다 터지는

풍선도 없지 않을까

편안하고 좋은 法

늙어서는
무슨 法으로 살아야
편안하고 좋은가
여기저기서 생기는
모가 난 살얼음 조각들
그런 것들 모조리 녹이는
불 하나 갖고
물이 되어 사는 法이
제일 편안하고 좋지
이것 말고
아이를 닮아가는 늙은이에게
편안하고 좋은 法이
또 뭐가 있겠는가

꽃잎

뻐꾹새 우는 날
꽃잎들은 떨어져 어디로 갔는가

눈이 오면 찾아가고 싶은
산 아래 무덤도 없이

아무도 모르게 캄캄한 밤
물이 되어 흘러갔는가

낮달이 보이는 저 하늘
구름이 되어 사라졌는가

어디로 갔는가
다 어디로 갔는가

뻐꾹새 우는 날
떨어진 그 꽃잎들

탕자

둘러 보면
여기저기 굴러온 돌들이
이끼 낀 돌들을 밀어내고
어험! 하고 주인이 되는 나라

그 바람에 아예
뿌리도 혼도 없는
남의 나라 종이 되어가는
이 나라, 이 나라

올런지 몰라
머리가 있다면
자존심이 있다면
이를 깨달을 그 날이

이것은 스스로
제 나라 것을 다 버리고

남의 나라 처마 밑에 서성이는

탕자가 된다는 것을

산승

산 하나 짊어지고
산으로 간다

다 짊어지고도
알 수 없는 산

이 뭣꼬 이 뭣꼬
흔들며 간다

온몸으로 흔들어
산이 산일 때까지

산 하나 짊어지고
산으로 간다

제2부

변방에 우는 뻐꾹새
—어느 무명 가수의 애환을 듣고

城도 山도 다 넘을
두 날개는 있지만

장안의 하늘을 한 번
날아 보지 못하고

이 몸은 변방에 우는
변방에 우는 뻐꾹새

그 무슨 구름들이
앞을 막고 있는 건가

청춘도 저무는 해
노을빛이 오는데

어이해 날아도 날아도
나는 마냥 변방인가

언제쯤 오려는가
천둥 치며 오려는가

별빛 같은 꽃을 물고
장안의 하늘을 나는 그날

오늘도 변방에 우는
뻐꾹새가 기다린 그날

사람들이 부싯돌이 되어
—518을 다시 생각하며

어두운 시대

어두운 광주

사람들이 부싯돌이 되어

부싯돌 치고 부싯돌 치는

그 石火의 반짝이는 불빛들을 보았는가

누군가 모조리 불을 끄고

몽둥이와 밧줄이 法이 된

5월의 야만의 나라

여기 어찌 불을 부르지 않으랴

불을 부르고 있었다

신음소리 들리는 골목마다

光明을 주는 불

자꾸 이마를 찡게 하는

공중에 달아놓은 나무토막들을 태워버리는 불

여기 저기 입을 벌린 독사와 같은

붉은 글자들을 재가 되게 하는 불

그 큰 불을 불러 점화하기 위해

불이 꺼진 이 나라

사람들이 부싯돌이 되어

부싯돌치고 부싯돌 치는

광주의 광주의

그 石火의 반짝이는 불빛들을 보았는가

탑 위의 구름

어제 본
탑 위의 구름
오늘은
보이지 않는다

사라지는 것인가
사라지는 것인가
하룻밤 자고 나면
구름은 다 사라지는 것인가

구름 구름 구름
만나는 것마다
사랑하는 것마다
모두가 탑 위의 구름

오늘이 가면
탑 아래의 나도
내일에는
탑 위의 구름이란 말인가

내 나이

멀리
못 난 나
부끄러운 나
어리석은 나
다 보이는 지금
내 나이는 몇 살이냐

살아온 만큼
세월에 절로 녹아
굳은 떡 같던 내가
말랑말랑해진 오늘

저 아래
저기 저 아래
검은 나와 흰 내가
하나로 보이는
내 나이는 지금
몇 살인 것이냐

배은심 여사

민주주의를 외치다가
최루탄 맞고

구름이 된 이한열
차마 땅에 묻히지 않는

그 아들을 가슴에 묻고
가눌 수 없는 그 몸으로

또 한 발을 내디뎌
이한열의 어머니에서

더 큰 어머니가 되시었다
민주주의의 어머니

민주주의의 어머니
배은심 여사

이태원 그 골목의 가을
—10 29 참사를 애도하며

이태원 그 좁은 골목에
푸른 잎들이 뚝 뚝 떨어지는
그런 가을이 올 줄이야
미안하고 미안하다
푸른 잎들이여
이태원의 그 좁은 골목에
푸른 잎으로 뚝 뚝 떨어진
그대들의 가을을 보고서야
이런 나라인 줄을 알게 되어서

5월의 신록의 향기가 있는 그대들이
이태원의 그 좁은 골목에서
붉은 단풍잎처럼
죽은 나무의 잎처럼 뚝 뚝 떨어지는
그런 가을이 이 나라였다니!
그러나 푸른 잎들이여
그대들의 가을이

이런 나라임을 알려주었으니
어찌 땅만 치고 있으랴

이미 눈에 고인 눈물은
두 볼에 흐르게 하고
일어나 소 잃은 소 주인이 되어
톱과 망치를 들고 외양간을 고치리
그러니 이 가을
이태원 그 좁은 골목에
빈 가지를 남기고 간
푸른 잎들이여

그곳 하늘 정원에도
꽃 지고 어두운 날이 있거든
그때는 이 땅에 오려무나
그러면 그때에는
이태원의 그 좁은 골목에도

서울의 그 어디에도

푸른 잎들이 뚝 뚝 떨어지는

그런 가을은 다시 없을 것이니

그날 그 시각

이태원의 좁은 골목에서 일어난
그 참사를 보고 알았다
이 나라에는 한심하게도
좁은 골목에 인파가 넘치면
인명 참사가 난다는 것도 모르는
돌들이 많다는 것을
그리고 이름 있는 자리마다
발 뻗고 앉아 있는 이들
그들은 모두가 허수아비였다는 것도
그런데 저것은 무언인가
아무 일도 없었던 것처럼
앉은 자리 그대로
일력만 넘기고 있는 저 모습들은
돌도 허수아비도 아니었다는 말인가
그렇다면 말해보라
법과 원칙의 깃발
걸핏하면 흔들어대던

그 사람들은 다 무엇이었으며,

쇳소리 나는 가방을 들고

국민의 생명과 재산을 지켜준다던

그 얼굴들은 또 무엇이었는가를

말해보라

이태원의 좁은 골목에서

참사의 비명이 허공을 찢던

그날 그 시각

향

한 줄기 향이 다 타도록
나의 분노는 재가 되지 않는다

눈으로 不義를 보았으되
뿔이 돋는 소가 되지 못하는 나

이제는 아예 재나 되라고
또 하나 향을 꽂는다

가을비

이미 와버렸는데
가을비 또 오는구나

아직도 살이 두꺼워
모르는 이 있는가

가지도 잎도 없는 나무
눈물 같은 단풍빛을

한 번쯤 짐을 벗고
혼자 눈감고 앉아

가을보다 더 깊이
자신을 보라는 건가

들녘 끝 외딴 빈집이
자꾸 보이는 가을비

노인과 젊은이

아니 그런가
노인은
젊은이의 미래의 모습
젊은이는
노인의 과거의 모습

아니 그런가
젊은이는 가고 있다
노인을 향해
노인은 지나왔다
젊은이를

그리고 노인은 자꾸
젊은이를 뒤돌아보고
젊은이는 점점
노인을 닮아간다
아니 그런가

네가 돌이라면

너는 돌이란 말이지
유리 같은 내가
부딪히면 깨지는

내 맘대로
멀리 던질 수도 없고
내 맘대로
달떡으로 만들 수도 없는
너는 돌이란 말이지

그렇다면, 그렇다면
내가 말랑말랑하고
폭신폭신한 사람이 되어야지

금 가지 않기 위해
깨지지 않기 위해

어른이 없다

어른이 없다
불의와 무례를 꾸짖는
그 어른

어른이 없는 집
어른이 없는 나라에서는
호랑이 소리를 하는
여우들이 많다

길고 짧은 것을
재 볼 줄 모르는 여우
여우가 여우임을 알게 하는
범 같은 어른이 없다

그러니 그립다
저 대로의 여우들
기침 소리만 들어도 도망갈
그 어른 그 어른

몽실몽실한 나

나는 누구인가?
나는 누구인가?
아무리 눈을 크게 떠도
털끝 하나 보이지 않으니
에라이 잡것!
알 수 없는 나
꼬두밥 같이 탁 털어
떡판에 쏟아 놓고
절퍽 절퍽
오래 오래 메질하여
몽실몽실하게 되고 싶은 나를
내 손으로 만들어 볼꺼나

독재

무어라고 하느냐
무어라고 하느냐

독재는 어차피
江을 건너가지 못한다

물을 보아라
때릴수록 대드는 물

대들어 와와 함성으로
배를 뒤엎는 물

물은 한 대 맞고 도망가는
순한 양이 아니다

무엇에도 꿰일
코가 없는 물

아무리 벼락같은

나팔을 불어도

독재는, 독재는

江을 건너가지 못한다

머문 바 없는 집

누가 목 놓아 부르지 않았는데
나는 무어라 이 세상에 왔던가
아무도 애 터지게 기다리는 이도 없는데
나는 누굴 찾아 이 세상에 왔던가
아무리 생각해도 알 수 없는 나
두어라, 어차피 물릴 수 없는 세상
부르는 사람 없고 기다리는 사람도 없으니
언제 어디서나 바람 같은 이 자유로
머문 바 없는 집을 짓고 한바탕 놀다 가리

갈 때는

올 때는 울고 왔으니
갈 때는 웃고 가야지

암, 살아온 한평생이
밥이었으면 어떻고

죽이었으면 또 어떠냐
어차피 다 받았던 밥상

그중에 단것도 먹고
쓴 것도 먹은 이 입으로

기왕이면 잘 먹었다고 말하고
갈 때는 웃고 가야지

그 무대의 주인공

무대에 흐르는 음악은
개판세상으로 가는 블루스

그 리듬을 밟고 등장한 주인공은
개 같은 거시기와 걸레 같은 거시기

기다린 고래를 잡았다고
둘은 끌어안고 춤을 춘다

벼락 맞고 싶도록 좋은가 보다
불빛 휘황한 무대의 주인공

객석에서 뭐라고들 수군수군
비웃음과 손가락질이 있더라도

대리석을 붙인 번들번들한 두 얼굴은
벼락 맞고 싶도록 오늘이 좋은가 보다

개구멍

無字에는
개구멍이 많다

자꾸만 도망가는
불성이 없다는 개 한 마리

오직 외나무다리 위에
한 마음 한 눈으로 지켜

놓치지 마라
놓치지 마라

자칫 한눈팔다 놓치면
자신이 바로 개구멍

자유

자유는
몸과 마음
이 두 날개로 나는 새

배우는 것이 아니다
누가 주는 것도 아니다

자유는
처음부터 새이다

사람이란 그 둥지에서
두 날개로 태어난 새

젖은 옷 입고

내 처음
문구멍으로 뵈온 부처님은
작은 일 큰일을 다 마치시고
아조 방석이 된 고요 위에
제일 편안히 앉아 계신 모습이었습니다

그때부터 눈이 커진 나도
고로코롬 편안히 앉고 싶어
작은 산 큰 산을 왔다 갔다 했지만

내 어디 이가 하나 빠진 것인가
검은 머리에 흰 눈이 내리도록
나는 아직도 젖은 옷 입고
여기저기 서성이는 몸입니다

까치 뱃바닥 같은 소리

우리 지선스님은
혼자 깨끗한 척 하는
그런 사람 말을 들으면
까치 뱃바닥 같은 소리라고 한다

아마도 이는
앞가슴의 흰 빛 보다는
검은 빛이 많은 까치의 몸처럼
그의 깨끗함 둘레에는
깨끗하지 못한 것이
훨씬 더 크다는 뜻일 게다

대개 깨끗하지 못한 것이 많은 사람은
그를 덮기 위해
혼자 깨끗한 척 하는지도 모른다

그러나 알아야 할 것이다

까치 뱃바닥 같은 소리를 하면
자신의 깨끗하지 못한 것이
더 많이 드러난다는 것을

촛불

허무하다
촛불의 정신은 무엇인가
단 한 번의 바람에
촛불이 꺼져버리다니

허무하다
촛불의 그 불빛으로
돌기둥의 집 하나 짓지 못하고
망치질 소리만 요란했던가

촛불이 꺼져버린 밤
알을 품고 있던 둥지를 버리고
어디론지 날아가 버린 새
허무하다 허무하다

닮지 마라

닮지 마라
발목이 젖는다고
물 있는 길을 포기하는 사람

닮지 마라
진실과 정의를 말하는 곳에서
딴 곳을 바라보는 사람

한 번 굽히면
다시 세울 수 없는 허리
꼿꼿이 세우고

닮지 마라 닮지 마라
오늘 곧은 대나무를 보이고
내일 철새가 되어 나는 사람

오늘

저 풋풋하고 향기로운 풀냄새 나는

열여덟의 숨결을 잃어버린 몸이여

어느덧 자운영 붉은 꽃밭을 다 지나와

낙엽 밟는 언덕길에 숨이 차는 가슴이여

나

나
있다고 하면
물에 빠져 죽고
없다고 하면
허공에 눈을 찔려 장님이 된다
두어라 두어라
어느 쪽에도 못 박지 말고,

나
있다고 한들
늙지를 않나
없다고 한들
죽지를 않나
아무것도 달라질 것이 없으니
있다 없다
어느 쪽에도 신을 벗지 말자

꽃

아무것도 아닌 내가
물을 마시는 지금

별은 먼 곳에서 반짝이지만
어찌 이것이 나의 끝이랴

밑바닥 딛고 굼지럭 굼지럭
나도 일어나 꽃이 되어서

물을 마시는 그날에는
별도 내 얼굴에 와 빛나리

제3부

산

왼발 오른발
고작 두 발로 걷는 사람에게
산 하나 넘고 나면
또 다른 산이 있다

산은 무엇인가?
한 번에 다 넘을 수 없는 산
천신만고 끝에 넘고 나면
또 있는 산

산을 넘고 넘으며
무엇을 깨달으라는 것인지
사람에게는 사람에게는
끝없는 산이 있다

흰 고무신

방랑시인 김삿갓의 시를 읽은
열네 살의 나이에
나에게는 처음
흰 고무신이 생겼다

들킬세라 몰래 숨겨두고
혼자만 보는 흰 고무신
기적소리 들을 때마다
그 흰 고무신을 신고
나는 멀리 떠나고 싶었다
김삿갓이 되어

그러한 내가
어느덧 늙은 몸이 되어
이제는 신고 싶은 흰 고무신도 없고
구름 아래 김삿갓도 보이지 않다니!

저무는 날

저무는 날은 오더라
끝내 오더라

다 가고 저무는 날은
후둑후둑 비 오는 시간

인생이 저문 그 비에는
우산도 없더라

자신을 위해서

살아서
복이 되는 그릇도 만들고
살아서
화가 되는 칼도 버려야 한다
자신을 위해서

훗날 독이 될 잘못도
살아서 깨닫고
불빛이 밝은 길도
살아서 가야 한다
자신을 위해서

자신의 광명이 되는 일
살아서 하지 않으면
살아서 하지 않으면
죽은 다음 영혼에
혹이 생긴다

나의 피

나의 피는 익었는가
추석 무렵 밤나무의
누런 밤송이처럼

누런 밤송이 스스로 벌어져
뚝 - 떨어지는 알밤만큼
나의 피는 잘 익었는가

이제는 밤나무 뿌리도
밤나무의 가지도 필요 없는
그 알밤같이

나의 피도 다 익어
더 이상은 더 이상은
나의 몸 나의 정신에 의지하지 않는
온전한 열매가 되었는가

늙어가는 소리

어디쯤 온 것이냐
온몸에서
늙어가는 소리 들린다

온몸에서
늙어가는 소리 들으니
보인다
서산에 넘어가는 해

이제 밤이 오겠지
내가 나를 볼 수 없는
그 캄캄한 밤

그러나 거기에는
눈 감고 혼자 가는
길이 또 있겠지

눈물

사노라면
기쁨이 되지 못한 피가 있어
그런 날은 왜 그런지
깨진 유리병만 보입니다

깨진 유리병만 보여서
기쁨이 되지 못한 피가 있는 가슴은
진종일 왜 그런지
물 끓는 소리만 듣습니다

그러다 마침내는
기쁨이 되지 못한 피만 보이는 밤
그때는 어찌합니까

그 피가 보이지 않을 때가지 눈물을……
그리고 공복을 느낀 식욕으로
밥 한 그릇 비벼 먹습니다

적막강산

어떤 사람이 푸념하기를
제기랄, 한 칸 집도 없는데
세상만 넓으면 무엇한데요
가도 가도 나 하나뿐인데
사람들이 많으면 또 무엇한데요
적막강산 적막강산
인생이 온통 적막강산입니다
이에 부득이 나도 한마디 했습니다
집도 있고 애인도 있지만
오늘 어떤 사람은
화장터의 연기가 되었습니다
그래도 당신은 오늘이
관 속으로 들어가는 날은 아니잖소

개만도 못한 사람팔자

삐까 번쩍하는
독일산 검정 벤츠
귀부인같이 상석에 앉아
내가 어떠냐고
차창 밖으로 머리를 내민 흰 개
그를 본 어떤 할아버지가
혼잣말로 한 말씀하셨다
– 놀고먹는 개도
벤츠를 타고 다니는데
뼈 빠지게 일을 하고도
버스나 겨우 타고 다니다니
사람팔자가 개만도 못하구나 –
그 말씀 듣고 보니
비가 올 듯한 퇴근 시간의 정류장
버스를 기다리고 있는 사람들 모두가
사실은 사실은
그 할아버지의 얼굴이었다

남 탓

그대 손의 바가지에서

물이 새는 것은

그 바가지가 깨졌기 때문이오

남 탓을 하지 마오

그대 손의 바가지가 깨져서

물이 새는 것이

어찌 나 때문이란 말이오

순수

내 안에 있는
순백한 젖살을 가진
어린아이 같은 나
그를 볼 때마다
나는 부끄럽다

삶은 왜 때가 되는가
무엇에 저항도 못 하고
끌려가기 때문인가

작은 것까지
낱낱이 때를 보여주는
내 안의 거울 같은 어린아이

그를 만나는 날은
나도 때 묻지 않은
그 아이로 돌아가고 싶어
흰빛의 젖을 먹고 싶다

참사람

사람에게
제일 빛나는 일은
참사람을 만나는 일

사람 중의 사람
참사람을 만나
사람의 꿈을 깨는 일

사람에게
이보다 더 큰 일이
또 어디 있으리

덕이 되는 자유

여기서도 자유
저기서도 자유
가는 곳마다 자유, 자유하기에
저것이 무슨 자유인가 했더니
스스로 보여주었다

욕하는 자유
거짓말하는 자유
남 탓하는 자유
후안무치한 자유
그러나 이런 자유는
뒷걸음질하는 자유

이왕이면
앞으로 나아가는
덕이 되는 자유가 좋지 않는가

자신의 잘못을 아는 자유

자신의 부족함에 머리 숙이는 자유

언제나 자신의 키보다

한 뼘만 낮아지는 자유

탑

아무리 어렵고 힘들어도
내 살았노라고
죽지 않고 살았노라고
돌을 다듬어 쌓은 탑

탑이 높지 않으면 어떠냐
나를 사랑하여 쌓은 탑이어늘
층층이 하늘이 넘치는
칠층탑이 아니면 어떠냐

내 이렇게 살았노라고 쌓은 탑
이미 나의 분신이 된 탑
스스로 흔들지 말자
흔들지를 말자

내가 무엇엔가
훌렁 넘어지는 날에도 —

이 탑이 무너지면
나도 함께 무너지는 것이니

대통령

어느 세월에도
대통령은 단 두 사람뿐
하나는 대통령질 하는 사람
또 하나는 대통령질 해먹는 사람
두 사람은 무슨 차이가 있는가
대통령질 하는 사람은
국민의 뜻을 감꽃처럼 실에 꿰어
목걸이를 만들고
대통령질 해먹는 사람은
제 욕심을 금쪽같이 다듬어서
귀걸이를 만든다
그러면 바람은 어디에서 부는가
대통령질 하는 사람의 바람은
살랑살랑 웃는 입가에 불고
대통령질 해먹는 사람의 바람은
쌩 – 쌩 – 노려보는 눈가에 분다

쑥물

나는 많이 부족하다
쑥물을 마시자

저울을 들고
스스로 달아보는 나

나는 아직도
내가 바라는 나에게 멀었다

머리 숙이고 머리 숙이고
쑥물을 더 마시자

초가집

칠월 칠석날 밤
은하수 바라보며
가슴이 불룩한
누님의 체취 같은,
그렇다
견우와 직녀의
사랑 이야기를 듣고 싶은 곳은
지붕에 박꽃이 핀
산마을 초가집

숨소리

오늘 내가 누리고 있는
이 自由는
일찍이 그를 위해
피를 흘린 이들이 있었기 때문,

오늘 나에게
주권과 조국이 있는 것도
일찍이 그를 위해
목숨을 던진 이들이 있었기 때문,

그러니 역사가 있는
이 자유와 주권과 조국에
내 어찌 그들의 숨소리를
머리 숙이고 듣지 않으리

황진이

긴 치마를 입고 넘을 수 없는
높은 담을 헐어버린 여자
툭 터진 사방이 길이었다
그 길을 걸림 없는 몸으로
물 같이 구름 같이
흘러 다니는 여자
설령 사랑이라 해도
굴레를 쓰지 않았다
발목에 감기는 칡넝쿨을 밟고
어느 손에도 잡히지 않는
백조의 날개를 가진 여자
황진이! 황진이!

긴 이야기

물이 흘러간 모래밭에는
돌들이 있고

새가 울다간 풀밭에는
깃털이 남아 있습니다

그러하거늘
사람이 살다간 그 자리에

어찌 밤비 같은
긴 이야기가 없겠습니까

운명의 길

무슨 씨앗
무슨 뿌리가 있어
나는 이 세상
사람으로 온 것인가

내 어디 모자라는 곳
금빛을 찾으라는가
아니면 무너진 남의 집
새 기둥을 세워주라는가

결코 우연은 아니리
개도 벌레도 아닌
하 많은 생명들 중에
사람으로 온 나

나에게는 필시
운명 같은 수레 하나

나만이 끌고 가야 할

그 길이 있으리

커피

커피를 마실 때마다
나는 늘 미안한 생각이 있다
마시지 않아도 될 것을
굳이 마시는 것 같아 그렇고,
반드시 마셔야 할 것을
정작 마시지 않는 것 같아 그렇다
반만년의 역사와 문화가 있는 나라
이런 나라의 물을 먹고 자란 내가
이국의 커피를 마시다가
어느 사이 정신 나간 사람이 되어
혹 잃어버린 것은 없는지?
자주 돌아보고 또 돌아본다

칡넝쿨

나는
못 올라가는 나무가 없는
칡넝쿨
나는 넘지 못할 벽이 없는
칡넝쿨
무엇이 장애가 되랴
그 무엇이 절망이 되랴
언제 어디서나
새순이 돋아
뻗어가지 못할 땅도 없고
함께 얼크러지지 못할 풀도 없는
나는 칡넝쿨, 칡넝쿨

청와대

고작 오년짜리 깃발을 들고
감히 청와대를 멋대로 옮기다니
무엄한지고, 무엄한지고
청와대는 국민의 집
제 집의 헛간도 아니거늘
어찌 제 맘대로 옮긴단 말이냐
뭐라고 뭐라고 핑계 대지 마라
쫓겨날 짓도 사람이 했고
불통도 독재도 사람이 했지
언제 청와대가 눈을 가리더냐
도깨비가 되어 귀를 막더냐
사람이 어둡고 모자라
이름에 맞는 그릇이 못 되면서
왜 애먼 청와대 탓을?
그냥 광화문이 좋거든
이런 말 저런 말 하지 말고
차라리 그 어디 천막을 쳐라

동서남북 다 보이게 천막을 치고
자신 있게, 구름이 없게
누구보다도 더 높이 더 높이
대통령의 깃발을 흔들어 보라
그러면 그것이 더욱 빛나
천막도 황금빛 기와집으로 변하는
큰 대통령이 될 것이니

세월 저 편

뒤돌아보면
세월 저 편
그리운 나도 있고
지우개로 지우고 싶은
못난 나도 있다

어쩌랴
사람은 사람은
그런 아쉬움
그런 부끄러움으로 사는 거다

아니
그런 아쉬움
그런 부끄러움이 있기에
사람은 한 치씩 크는 거다

그러니 그리움이여

부끄러움이여
너무 많이는 말고
약이 될 만큼씩만
내게 늘 있어라

삶

살기 위해
때로는 모래까지도
떡 같이 먹고

살기 위해
가시 많은 아카시아 나무
맨발로도 올라갔었지

그러한 날들
길거나 짧거나
다 합친 오늘

슬프다
아직도 입은 옷은
내 몸에 짧구나

제4부

어느 날

어쩐지 삶의 둘레가
슬프고 허전한 날은

입에 가득 얼음을 넣고
와삭와삭 깨먹는다

얼음 깨지는 그 소리에
나도 새로 깨어나라고

自歸依

돌아가고 싶다
본래 소리 없는 나에게로

쓸데없는 잡소리들
너무 많이 하고 살았으니 —

오늘 냉정히 본 나
종이처럼 찢으며 찢으며

멀리 떠나온 나에게로
흰옷 입고 돌아가고 싶다

꽃으로 쓰고 싶은 이름

열반경에 말씀하시기를
– 성내는 마음은
돌에 새긴 글씨처럼 지우기 어렵고
사랑하는 마음은
물 위에 쓴 글씨처럼 빨라 사라진다 – 하셨으니
샘물로 기른
노란 콩나물처럼 가늘고 여린 사람아
그렇게 되면 괴롭지 않겠느냐
그러니 너는
바늘로 찌르고 싶은 이름이 있거든
부디 흐르는 물 위에 쓰고
무슨 꽃으로 쓰고 싶은 이름이 있거든
바위에 깊이 새기려무나
장차 그 이름에 눌려
콩나물처럼 부러지지 않기 위해

새벽

닭이 울면
새벽이 온다는 것은
옛말이 된 것인가
닭이 몇 번을 울어도
새벽이 오지 않았다

이번인가 하면
가면을 쓴 새벽이고
또 이번인가 하면
이름뿐인 새벽이 오고,

젠장 맞을!
못 보겠다고 갈아 보아도
오지 않는 그 새벽
이제는 사람이 울어야
어머니처럼 오려나

아리랑 고개

아리랑 고개인 줄 몰랐을 때에는

네발로 기어 넘었던 이 고개

오늘은 먼 산도 보며 걸어간다

몸으로 이미 아리랑 고개를 알았으므로

아리랑 고개는 그런 고개이다

모르고 넘을 때는 십리도 백리 길

알고 넘을 때는 백리도 십리 길

젊은 날

젊음은 무엇하라는 날이었던가

그를 몰라 동서남북 물을 품고 다니다가

어느덧 거울에 비친 흰머리를 보네

끝내 금빛 고기 한 마리 잡아보지 못하고

착한 마음

마음 중에
제일 높은 마음은
착한 마음

서 있지 말고
편히 누워라
앉아 있지도 말고
아조 편히 누워라

사람은
온몸으로 누워야
착한 마음이 일어서는 것이니

꽃반지

금가락지 끼고 사는가
크로바 꽃반지 끼워준 그 사람

아니면 죽정이가 된 팔자
빈 손가락으로 사는가

구름 속의 초승달같이
오래되어 희미해진 그 얼굴

어느 집 마당을 쓸다가
이제는 몽당빗자루가 되었는가

생각난다 크로바 꽃밭 같던 어린 날
손가락에 처음 끼워준 그 꽃반지

속지 마라

멀리 반작이는 빛이 있기에
가까이 가서 보았더니
깨진 유리조각

속지 마라
빛난다고
다 황금이 아니니

아직 더 좁혀야 할
거리가 있는 한
아름다운 것도
모두 꽃이 아닐 것이니
속지 마라

피어라 풀꽃

어제는 비 오고
오늘은 햇빛 눈부신 날
어찌 그냥 이 들녘에 처박힌
한 송이 꽃도 없는 풀이어야겠느냐

진정 풀이었거든
때를 기다린 풀이었거든
그 깊은 뿌리로부터
그 성한 잎들로부터
솟구치고 솟구치는 꽃대 곧게 세우고

이제는 피어라 풀꽃
강한 향기로 피어라 풀꽃
어제 내린 비를 맞고
풀빛 짙은 이 들판 한가운데

단상

한 번 흘러가고
다시 돌아오지 않는 물
그 물이 덧없어 뒤돌아보니
오라, 한평생의 인생이란
젊어서는 온몸으로 웃고
늙어서는 온 마음으로 우는 것인가
결국은 결국은 그것뿐인가

生苦

괴로운 것이냐 生은

울퉁불퉁한 끝없는 오르막 산길

금도 은도 아닌 허접한 짐이 많은

수레 하나 운명처럼 끌고 가는 것

그 잔을 받고 마냥 숨이 차는

生은 生은 괴로운 것이냐

老苦

괴로운 것이냐 늙음은

세월이 주는 나이테만큼

잃어버린 것이 많은 몸이 되는 것

그 잔을 받고 흰머리 나고 등이 굽은

늙음은 늙음은 괴로운 것이냐

病苦

괴로운 것이냐 병은

여기저기 무너지는 소리 들으며

시름시름 끝나가는 사람이 되는 것

그 잔을 받고 한 번 누워 일어나지 못하는

병은 병은 괴로운 것이냐

死苦

괴로운 것이냐 죽음은

아무것도 모르고 세상에 와 살았던 죄로

이제는 어디론가 떠나는 길손이 되는 것

그 잔을 받고 두 눈을 감아야 하는

죽음은 죽음은 괴로운 것이냐

모기에게

모기여
미안하다
그 작은 피 한 방울
보시하라는 그 신호에
나도 모르게 그만
손바닥으로 때려
너를 죽였으니
이 예민함
이 잔인함의 본능이
나는 한없이 부끄럽구나
많고 많은 사람 다 두고
나를 찾아온 너에게
크게 감사하며 보시하는
널널한 보살이 못되어
모기여 모기여
나는 진실로
미안하고 부끄럽구나

서원

머언 성불사
몇 겁을 가야 할 길일지라도

기어이 찾아가는 사람이 되어
성불사 종 한번 울리고 싶다

나도 깨지지 않는 금강석을 물고
천신만고의 성불사에 왔다고

정진

멈추면 넘어진다
굴렁쇠 같은 바퀴

이 바퀴 쉬임 없이 밀고 가며
나는 날마다 변해야 한다

한 눈으로는 부처를 보고
또 한 눈으로는 중생을 보며

부디 부디 멈추지 말라
멈추지를 말라

멈추면 넘어진다
굴렁쇠 같은 이 바퀴

고독

고독은
나에게 말한다
고독하라고
고독해야만
고삐 없는 소가 된다고

어디에도
놓을 데가 없는
나의 돌 하나
무엇엔가 살포시
내려놓고 싶은 날

고독은
나에게 말한다
그것은 스스로
고삐를 다는
소가 되는 일이라고

그리고 고삐를 다는 소는
영혼이 살고 싶어 하는 집
자유와 행복을
멀리 버리는 것이라고

철새

남의 말에
얼었다 녹았다 하는
물이 되어서야

저 철새가 많은
갈대밭의 섬

아무거나 먹는
그런 입으로
어찌 뜻있는 새가 되랴

개소리

피라미 낚싯대 하나 둘러메고
오로지 국민을 위해
고래를 낚겠다고 떠드는 사람의 말
그것은 다 멍멍멍 개소리

어쩌고 저쩌고……
마른 버들가지로 하늘을 가리키며
오로지 오로지 나라를 위해
별을 따오겠다는 사람의 큰소리
그것도 뻔한 멍멍멍 개소리

그래도 인왕산이 제 자리에 앉아 있고
한강물이 저리도 조용히 흐르고 있는 것은
예로부터 민심이 천심이라는
그 진리를 믿고 있기 때문

오동나무에 저녁을 우는 새
—海眼스님에게 법호를 주며

구름은 조각조각
하늘에 그림을 그리고

못은 송이송이
물 위에 연꽃을 피우나니

雲池여 雲池여

오동나무에 저녁을 우는 새
어디로 날아가겠는가

눈 감고 죽는 법

아무리 쾌청한 날이라 한들
늙고 병든 몸이 무엇을 하겠으며
명산마다 봄꽃이 부른다 한들
늙고 병든 몸이 어디를 가겠습니까

그래서 아무것도 할 수가 없고
아무 데도 갈 수가 없는
늙고 병든 몸이 죽는 것은
참으로 지당한 법입니다

어찌했겠습니까
만일 늙고 병든 그 몸에
죽는 법도 없었다면……

그러나 천만다행으로
눈 감고 죽는 법이 있어
사람은 참으로 감사할 일입니다

산사람

산에 사는 산사람
산을 닮았다

구름이 와 덮어도 탓하지 않고
긴 장마에도 여여한 산

그 산을 닮았다
괴로운 날이면

멀리서 다가오는 산
그 산 깊은 골의

물소리를 닮았다
산에 사는 산사람

마음이 앉을 자리

나의 방랑은
구름과 헤어졌다
바람도 이제는
나의 옷자락을 흔들지 못한다
기차를 타고 어디론가
한없이 가고 싶던
그 흰 고무신을 벗은 지도
벌써 오래전,
이것으로 덧없는
몸의 정처를 알았으니
이제는 마음이 앉을
고요한 고요한
그 방석을 찾을 때

까치

학의 흰빛을 탐하다가
까마귀의 검은 빛을 좋아하고
그러다 에라, 모르겠다 하고
흰빛과 검은빛을 섞어
얼룩 몸이 된 까치

한 가지 빛을 선택하지 못해
결국에는 학도 아니고
까마귀도 아니면서
눈만 높아진 까치

그것 때문일 것이다
그것 때문일 것이다

맑은 아침에는
상수리나무 꼭대기에 앉아
깍 깍 노래하고

그리고 먹이는

개밥통 근처에 와 찾는 까치

호수

말로써 말할 수 없는 말
말할 곳이 없어

돌 하나 집어서
호수에 던졌더니

맞다! 그래 그으래 그으으래
동그라미 그려가는 물결 물결들

물은 나의 말을 돌에서 들었나 보다

■ 해설

침묵의 언어가 빚어내는 영혼의 긴 이야기

박형준 | 시인·동국대 교수

　만해 한용운이 공식적으로 출가한 지 10년 되던 해에 백담사 오세암에서 저녁 바람에 물건이 떨어지는 소리를 듣고 한순간에 깨달음을 얻게 된 사연은 매우 유명한 일화이다. 만해의 깨달음이 저녁 바람에 물건이 떨어지는 소리에서 비롯되었다는 사실은 말이나 문자에 의지할 수 없고, 오히려 경전 바깥에서 이루어지는 선禪의 신비로운 순간을 서늘하게 보여주는 듯하다. 이것은 선의 기원에 해당하는 석가모니와 가섭의 일화에서도 확인할 수 있다. 석가모니는 영산靈山에 모인 수많은 사람들 앞에서 설법을 끝내고 난 뒤 아무 말없이 한 송이 꽃을 들어보였고, 이 모습에 의아해하던 다른 사람들과는 달리 가섭만이 이해하겠다는 듯이 미소로 화답했다. 『선의 황금시대』를 쓴 존 C. H. 우는 이 책에서 이 일화를 소개하면서, 선이 한 송이 꽃과 미소에서 시작되었다는 것은 너무나 아름다운 이야기여서 실제로 일어난 이야기라고 믿기 어렵게 느껴질 수 있지만 이처럼 아름다운 이야기가 세상에 실제로 일어나지 않았다고 하는 것 역시 이상하다고 말한다. 왜냐하면 이 이야기를 누군가 지어냈다 하더라도 이 이야기에는 꽃이 웃으면서 웃음이 꽃핀다는 선의 본질이 너무나 잘 드러나 있기 때문이라는 것이다. 선의 가장 뚜렷한 특징은 한 존재의 중심에 깊이 가닿을 있는 내적인 자각 능력에 있다고 할 수 있는데, 이를 실현하기 위해서는 뼈를 깎는 수련이 뒤따라야 한다. 현실의 본모습을 바로보거나 자신의 본성을 있는 그대로 바로 보기 위해서라면 더더욱이나 가만히 있어서는 될 수 없고 정진이 필요하다. 하지만 위의 만해 한용운과 석가모니의 일화에서 우리가 알 수 있는 것은 선의 본질이 '느닷없음'에서 이루어진다는 사실이다. 그렇다면 정진의 한가운데에서 이 느닷없이 일어나는 깨우침의 순간의 느낌은 어떠할까.

하늘의 달 하나
함께 볼지라도
經을 읽는 입에서는
반딧불이 나오고
침묵을 읽는 입에서는
번갯불이 나오는 것인가

– 「침묵을 읽는 입」 부분

청화 스님의 새 시집 『나를 찾는 소리』를 읽다보면 '교외별전教外別傳'이란 말이 떠오른다. 교내教內의 법이 석가의 언어로써 가르침을 전하는 것이라면 교외별전은 이심전심이나 혹은 염화의 미소, 그리고 불립문자 등을 떠올리게 한다. 즉, 석가의 마음을 직접 다른 사람의 마음에 전하는 것이다. 그것을 위 시는 하늘의 똑같은 달을 함께 볼지라도 경을 읽는 강사의 입과 침묵을 읽는 선승의 입을 통해 그것이 다르게 나타난다고 표현한다. 경전학자나 박식한 주석자처럼 경전을 읽는 행위를 지속적이고 은은한 작은 깨달음인 반딧불에 비유할 수 있다면 번갯불처럼 큰 깨달음은 침묵을 전하는 선승의 입에서만 나올 수 있다. 법정 스님이 『말과 침묵沈黙』에서 "말과 침묵은 서로 상관관계를 이룬다. 뜻을 담은 말은 침묵을 배경으로 발음될 수 있고, 말 끝에 오는 침묵은 새로운 뜻을 담은 말을 잉태한다. 음과 음 사이에 침묵이 깔리지 않는다면, 아름다운 음악이 이루어질 수 없듯이"라고 한 것처럼 침묵은 자기를 내세우지 않고 듣는 데에서부터 시작된다. '듣다listen'라는 말이 '조용한silent'이라는 말의 철자를 바꾼 것이라는 말이 있듯, '듣기'에 '침묵'이 들어 있는 것이다. 침묵이란 우리 주변에서 점차 추방되고 있는 삼라만상의 소리를 예민하게 듣기 위한 내면의 '백지 음악'이다. 침묵은 결코 소리의 배제가 아니라 생명으로 나아가게 하는 통로이다. 그렇기에 이 시에서 영혼의 소리 없는 언어에 다름아닐 달을 강사의 해석과는 다르게 침묵 그 자체로 받아들이는 선승을 통

해 우리는 깨달음의 순간이 내리치는 번갯불같이 찰나에
이루어진다는 사실을 알 수 있게 된다. 그렇다고 청화 스님
이 이 시집에서 무작정의 침묵과 마음을 비우는 일이 본래
의 '나'를 찾는 유일한 길이라고 단정짓는 것은 아니다.

내 처음
문구멍으로 뵈온 부처님은
작은 일 큰일을 다 마치시고
아조 방석이 된 고요 위에
제일 편안히 앉아 계신 모습이었습니다

― 「젖은 옷 입고」 부분

방랑시인 김삿갓의 시를 읽은
열네 살의 나이에
나에게는 처음
흰 고무신이 생겼다

들킬세라 몰래 숨겨두고
혼자만 보는 흰 고무신
기적소리 들을 때마다
그 흰 고무신을 신고
나는 멀리 떠나고 싶었다

― 「흰 고무신」 부분

청화 스님은 1977년 불교신문 신춘문예와 이듬해 한국
일보 신춘문예를 통해 등단한 이후 31년 만에 첫 시집을
펴냈는데, 왜 그렇게 오랜 시간을 침묵했느냐는 세간의 물
음에 시를 쓰는 데 중점을 두다 보니 시집을 내는 데에는
별다른 관심이 없어서라고 말씀한 바 있다. 침묵과 마음을
비우는 일 자체가 곧 말과 글이 아무런 쓸모가 없다는 뜻
은 아니다. 어쩌면 불립문자나 비우는 일에만 집착하여 말
과 글이 쓸모없다고 말한다면 그런 말을 하는 사람 자체의
말 역시 쓸모없음을 방증하는 것이 될 것이다. 불립문자에
는 그저 문자에 집착해서는 안 된다는 뜻이 담겨 있으면서,
진리를 전하는 거울로서 문자의 힘을 긍정하되 거기에 자
신의 본성을 바로 볼 줄 아는 견성見性이 뒷받침되어야 한
다는 의미가 숨어 있을 것이다. 그래서 스님은 등단 후 31
년 간의 긴 침묵을 깨고 시집을 펴내면서 그간의 침묵이 대
작을 쓰기 위해서나 사람들의 우러름을 받는 특별한 시집
을 내기 위해서 그런 것이 아니라고 한 것이다. 즉, 스님의
시는 단순히 언어의 의장을 아름답게 꾸미는 데에 있는 것
만도 아니고 비움 자체를 통해 깨달음으로 바로 건너가는
불립문자의 세계에만 있는 것도 아닌, 가장 찬연하고 조화
로운 최상층의 말의 내부에서 자신을 단번에 직시하는 언
어 밖의 번갯불 같은 침묵을 끄집어내는 선시禪詩의 아름다
움과 높음을 동시에 지니고 있다. 그런 점에서 청화 스님의

위의 두 편의 시는 부처님을 흠모하며 출가를 결심하게 된 사연과 시인이 되고자 하는 소년기의 두 가지 마음이 함께 겹쳐 있다는 점에서 곱씹어 읽게 된다.

이 두 시는 우리에게 커다란 대웅전의 활짝 열린 문을 통해서가 아니라 외딴집 같은 산속의 작은 암자의 문구멍으로 처음 보게 된 부처님과 처음 고무신을 신게 된 열네 살에 김삿갓의 시를 읽게 된 사연을 전한다. 그리고 우리는 여기서 문구멍으로 들여다 본 큰일 작은 일을 다 마치고 평안히 앉아 있는 부처님과 흰빛의 맑음과 소박함을 함께 지니고 있는 고무신이 함께 어우러져 있는 모습을 발견할 수 있다. 청화 스님의 이번 시집이 우리에게 전하는 가장 큰 울림은 이런 부분에서 비롯된다. 외딴 집 문구멍으로 들여다보이는 부처님과 처음 고무신을 신은 날 읽은 김삿갓의 시를 접한 소년기의 일화를 통해 청화 스님은 불문佛門에 귀의하는 일이나 시를 쓰는 일이 오묘한 깨달음의 높은 경지에서 비롯되는 것이 아닌, 바로 지극히 평범한 삶을 직접 경험하는 데에서 나온다는 사실을 우리에게 일러준다. 내가 존재하며 살아있음을 제대로 인식하는 일은 삶의 직접적인 경험이 바탕이 되지 않고서는 진실을 획득하기 어려운 것이다.

무거운 한 짐 보따리
나를 부려 풀어 놓고
그를 뒤져 부스럭 부스럭하며
나는 산에서 산다오

눈이 있어도 캄캄한 장님
내가 나를 모르는데
어찌 부스럭 부스럭하지 않겠오

그러나 그대는 모를 것이오
내가 산에서
혼자 부스럭 부스럭하는 이 소리는
나를 찾는 소리라는 것을

　　　　　　　　　　　－「나를 찾는 소리」 전문

　이번 시집의 표제시이기도 한 「나를 찾는 소리」 는 만
해가 저녁 가을바람에 물건이 떨어지는 소리를 듣고 오도
했다는 것에 견줄 정도로 진리가 우리의 삶과 멀리 떨어진
피안의 세계에 있는 것이 아니라 우리 일상의 사소한 소리
인 '부스럭부스럭' 대는 소리에 있음을 지극하게 보여준다.
수행자들은 스스로의 힘으로 깨달음을 얻기 위해서 화두
를 들고 면벽수행을 하거나 묵언수행을 하며 해탈의 경지
에 오르기 위해 혹독한 수련을 거친다. 하지만 수행의 과정
이 특별한 일로만 이루어진 것은 아니다. 「산승」 에서 청

화 스님은 자신의 수행 과정을 "산 하나 짊어지고/ 산으로 간다// 다 짊어지고도/ 알 수 없는 산// 이 뭣꼬 이 뭐꼬/ 흔들며 간다"라고 자신의 본래면목을 찾기 위한 지난한 과정을 산을 짊어지고 산을 올라가는 과정으로 묘사하고 있지만, 이번 시집의 참다운 묘미는 자신의 지나온 삶의 경험을 하나하나 무거운 보따리 속의 짐처럼 풀어놓고 뒤적거리면서 거기에서 나는 부스럭대는 소리에서 진정한 본래의 나와 만나는 오도의 순간을 경험한다는 데에 있다. 이 시는 시의 본질적인 측면과 선적 미학이 겹쳐지는 과정을 일상의 가장 평범한 '부스럭대는 소리'를 통해 일순간의 번갯불 같은 깨달음으로 담아내는 선적 미학의 정수를 담고 있다.

이와 같이 이번 청화 스님의 새 시집에서는 스님의 일상의 삶을 과감하게 보여주는 자연스러움과 간결성, 함축미가 돋보인다. 수행자로서의 삶과 일상인의 삶을 함께 녹여내는 평범의 찰나에서 발견되는 자연스러움과 깨달음이 시선일여의 경지에서 고도로 압축된 간결하고 함축된 시행으로 드러난다. 특히 이 시집에서는 자신을 '산승' 또는 '산사람'으로 규정하며 생의 후반기에 접어든 수행자의 자기 찾기의 과정을 가을의 이미지로 드러내고 있는 점이 눈에 띈다.

누구에겐지
오래 닫힌 문
활짝 열고 싶도록
하늘이 좋아
하늘이 좋아
산에서는 지금
만국회의를 하나보다
저 울긋불긋한
만국기를 달아 놓고

－「가을산 1」전문

가을 산에 와서 보니
나도 한 그루 나무

반짝이던 그 푸른 잎들
단풍이 들어 떨어지고

어느새 이렇게 되었나
빈 가지가 많은 나무

－「가을산 2」전문

　청화 스님은 이번 새 시집에서 산의 이미지를 통해 어디
에도 메이지 않고 "독하게 혼자 가서/ 호젓이 정신을 깨우
는 산의 맑음, 산의 고요"(「산길」)와 만나는 수행자의 지

극히 높은 정신을 보여준다. 그것은 얼음 밑 물소리에 창 밖의 늙은 매화나무가 새 잎을 맺는 과정(「매화나무)」을 '이 뭣꼬?'로 질문하며 눈 속에서도 열매를 맺는 나무와 참된 나가 만나는 순간을 단박에 탈속의 세계로 끌어올리는 선적 미학과 연결된다. 이것은 눈에 보이는 세계에서 눈에 보이지 않는 초월의 세계를 단숨에 드러내는 선시의 좋은 예라고 할 수 있다. 그러면서도 동시에 가을 나무의 단풍잎을 보며 육신의 늙어감을 "이제는 늙어/ 떨어질 일만 남은 가을 단풍잎"(「단풍잎」)에 빗대어 표현한다. 이 시집에서 산은 세상에 가득한 욕망과 상처를 끊어내고 수행자가 도달하고 싶은 본향이면서 또 다른 의미에서 산승 또는 산사람의 육신이 쇠락해갈 수밖에 없는 고난의 장소이기도 하다. 그렇기에 청화 스님에게 산은 시간의 영역을 벗어난 절대의 영역이면서 결실과 쇠퇴를 거듭할 수밖에 없는 인간 운명의 한계가 고스란히 드러나는 자리이다. 이 연장선상에서 위의 두 편의 「가을산」 연작을 살펴보면, 「가을산 1」은 가을산에 가득한 단풍을 울긋불긋한 만국기를 달아놓은 만국회의에 빗대어, 가을을 조락의 계절이 아니라 하늘의 문이 열리는 신생의 계절로 보고 있다. 이 시에서와 같이 봄보다 더 되기 어려운 경지가 가을에 있다. 태어난 모든 것들이 모두 쇠락하기는 쉽지만 가을은 대지에서 잠이 들 씨앗을 보존하는 법을 가르쳐주며 다시 새롭게 태어나기 위해 찬란한 단풍잎으로 하늘의 문을 열기 위해 두드리는 것이다. 반면 「가을산 2」는 무성한 나뭇잎을 휘날리던 나무가 반짝이던 푸른잎을 하나하나 떼어 바람에 흘려보내고 단풍잎 몇 개로 남아 있는 장면을 그린다. 이것은 "온몸에서/ 늙어가는 소리"(「늙어가는 소리」)를 듣는 수행자가 느끼는 인생의 덧없음과 고독을 상기시킨다. 이렇게 산은 맑음과 고요를 지닌 영원토록 텅 비어 있는 공간으로서의 수행자의 초월의 정신과 어느덧 세월의 이끼에 조금씩 조락해갈 수밖에 없는 수행자의 육신이 함께 거주하고 있는 공간이다. 하지만 그렇다고 이 시집에서 산이 가지고 있는 초월의 공간과 그 안에서 인간이 겪게 되는 한계의 공간이 이분법적으로 나뉘어 있지 않다.

누가 알리오

가을바람 한 자락에

붉은 잎 다 떨어진 날

산을 넘어온 기러기 소리에

바위 옆 푸른 황국

꽃이 핀 이 소식을

─「西來意」전문

  이 시에서 서래의 뜻이란 말로 전할 수 없어 꽃을 들어 가섭에게 이심전심으로 전해준 구경究竟의 진리와 연관된다. 청화 스님은 이를 산을 터전으로 한 자신의 일상사로 전한다. 가을이 되어 산에 있는 나무들은 바람 한 자락에도 붉은 잎을 다 떨고 우리는 그것을 보며 인생의 끝자락을 느끼지만, 이 시는 바로 그런 날 무심히 산을 넘어온 기러기 소리에 바위 옆에 몰래 숨어 있던 푸른 황국이 꽃 피어난다는 소식을 전한다. 삶은 끊임없이 탄생과 소멸을 거듭하며 변화하는 과정 속에 있고 우리는 그것을 보고 인생이 이렇다 저렇다 섣불리 판단하지만 산은 언제나 모든 것을 분별하지 않고 있는 그대로 받아들인다. 이 시는 산과의 진정한 만남이 본래면목本來面目에 있음을 조락의 가운데 꽃 피어나는 바위 옆의 황국으로 드러낸다. 시인이란 조물주와 같이 모두가 처음이자 마지막인 세상사의 일들을 우리의 영혼을 흔드는 아름다운 노래로 만드는 자이다. 청화 스님은 가을이 되어 산에 단풍이 물드는 모습을 보며 늙어가는 육신을 보면서도 그 마지막에서 하늘의 문을 여는 창조의 새벽을 우리에게 선사하고 있다. 그리고 그 과정에서 끊임없이 '나는 누구인가'를 물으면서 그래도 풀리지 않는 의문을 피안의 세계로만 이끌지 않고 꼬두밥 같은 자신을 떡

판에 쏟아넣고 메질하여 "몽실몽실하게 되고 싶은 나"를 직접 "내 손으로 만들어"(「몽실몽실한 나」) 내는 참다운 시로 친근하게 우리 곁에 풀어놓고 있다.

또한 청화 스님은 이번 새 시집에서 감정을 줄이고 상징을 최고도로 높인 압축과 맑은 서정미가 어우러진 아름다운 선시를 우리에게 선보인다. 가령 「호수」와 「긴 이야기」 같은 선시를 그 예로 포함시킬 수 있을 것 같다. 「호수」는 말로는 표현할 수 없는 말이 있지만 그것을 어디에도 말할 수 없어 돌 하나 집어 호수에 던졌더니 호수가 동그라미를 그려가는 물결로 자신이 오랫동안 표현하지 못할 말을 돌들에게서 대신 듣는 것으로 표현한 시이다. 「긴 이야기」 역시 물이 흘러가고도 그 자리에 그대로 있는 모래밭의 돌과 새가 떠나가고도 풀밭에 남아 있는 깃털처럼 사람이 살다 간 자리에 남아 있는 밤비같은 긴 이야기를 다룬다. 우리의 삶은 아집에 빠져 무언가에 집착하는 나와 참된 나라고 할 수 있는 본래면목의 나가 끝없이 대화를 나누는 과정에 비유할 수 있다. 그러나 그렇다고 하여 우리가 그 둘 간의 대화를 통해 자신을 완전히 깨달을지에 대해서는 누구도 쉽게 단정지을 수 없을 것이다. 하지만 이 두 편의 시와 같이 내가 하지 못한 말을 내가 던진 돌의 이야기로 대신 전해 들으며 동그란 물결을 짓는 호수나 새가 울다가 떠나간 풀밭에 새의 깃털이 있는 것처럼 우리가 살다가

떠난 자리에도 긴 이야기는 남아 있을 것이다. 이를 통해 알 수 있듯, 청화 스님의 이번 새 시집은 우리 사회의 모순과 해결점에 대해 시와 삶을 일치시키며 현실의 문제에 깊은 관심을 가지며 세간과의 소통을 중요시하면서 출세간의 영적인 측면을 편안하고 자애로운 서정미 높은 침묵의 언어로 전해준다. 그리하여 우리의 영혼을 맑고 청아하게 흔든다.

불교문예시인선 • 054

나를 찾는 소리

©청 화, 2023, Printed in Seoul, Korea

초판 인쇄 | 2023년 2월 06일
초판 발행 | 2023년 2월 10일

지은이 | 청 화
펴낸이 | 문병구
편   집 | 구름나무
디자인 | 쏠트라인saltline
펴낸곳 | 불교문예출판부

등록번호 | 제312-2005-000016호(2005년 6월 27일)
주   소 | 03656 서울시 서대문구 가좌로 2길 50
전화번호 | 02) 308-9520
전자우편 | bulmoonye@hanmail.net

ISBN: 978-89-97276-70-7 (03810)
값 : 12,000원